U0122992

柴犬旅行團
圖文·張雅思

牛乳
牛乳

柴犬島裏住着柴犬三兄妹，
大哥叫赤小豆，
二哥叫白豆，
三妹叫黑豆。

一個和暖的春天早上，
牠們決定離開家園，
要往島外的世界觀摩一番。
牠們聽說這樣子叫作「旅行」，
不過，旅行究竟是什麼一回事呢？

於是，柴犬三兄妹走遍了島上的小森林，
為的是尋找一位經驗豐富的旅行家
—柴頭。

終於找到了柴頭，
牠對牠們說：「旅行是，
要靠你們自己的力量走到島外的地方，
看不同的景色，吃不同的食物，
了解每個地方不同的文化、語言、
習俗、建築、藝術等等。」

由於柴犬島是一座島嶼，
柴犬三兄妹不能步行離開。
討論過後，牠們決定用麵粉造成小船，
打算以此航行到對岸的小島。

麵包船製作完成後一個晴朗的早上，
牠們可以出發了。

一開始還算順利，
可是麵包船漸漸被海水浸軟。
結果船沉沒了，柴犬三兄妹被掉進海裏。
幸好只餘下一小段距離，
因此牠們努力地向小島游去。

上岸後，
雖然身體被弄濕了，
但是柴犬三兄妹十分興奮，
因為牠們能夠靠着自己的力量
到達目的地。
牠們過往未曾見過沙灘，
所以對四周的景物都十分好奇。

在沙灘上玩了一會後，
柴犬三兄妹沿着小石路走着，
目光被沿途一排色彩繽紛的沙灘小屋
所吸引。
這時候，
一頭耳朵長長的小狗緩緩地走過來說：
「你們好！很久沒有柴犬來比高島玩了。」

這是牠們第一次遇見柴犬以外的小狗，
覺得十分有趣。
在互相介紹過後，
比高犬熱情地帶着牠們四處參觀。
到了下午，比高犬還帶牠們去逛市集。
市集裏有各種攤位，擺賣着各種水果、
蔬菜、手作曲奇和玩具等。

晚上，
比高犬們邀請柴犬三兄妹
參加森林裏的大食會。
大家吃着手作餡餅和小熱狗，
一邊聊天，一邊唱歌，
過了一個快樂熱鬧的晚上

柴犬三兄妹一邊欣賞美麗的星空，
一邊說着悄悄話。
在渡過如此難忘的一天後，
牠們在不知不覺中睡着了。

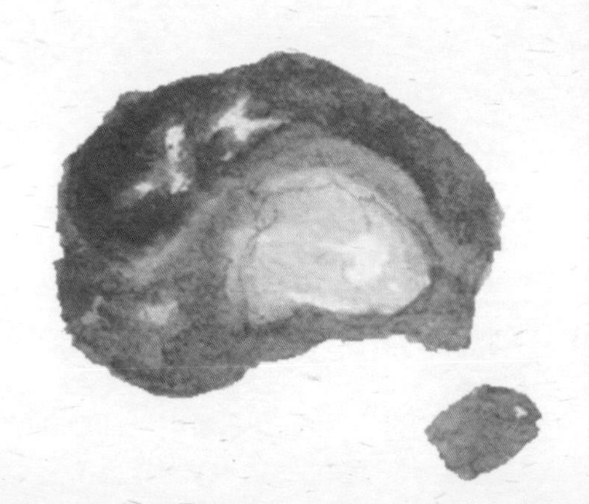

第二天早上，
柴犬三兄妹在小石橋盡頭和比高犬道別。
雖然大家都有一點點難過，
但牠們相信一定會有重遇的一天。

走過了小石橋，
柴犬三兄妹到達了另一座島嶼。
走着走着，
在牠們眼前出現了一棵
又大又漂亮的蘋果樹，
樹上結着許多又大又紅的蘋果。
牠們一個騎着一個地，想要去摘蘋果。

不料，牠們不小心失去平衡，
一個一個地跌倒在地上。
這個時候，
一頭四肢很長的小狗出現，
不單上前扶起柴犬三兄妹，
還摘下蘋果分給牠們。
柴犬三兄妹又認識到新的朋友了，
這頭心地善良的小狗名叫格力犬。

格力犬帶着牠們去環島遊，
走到累了，
便在小山丘上休息。
這時已是黃昏，
雲霞漸漸將整片天空染成火紅色，
大家靜靜地細看天空的變化，
柴犬三兄妹的旅途還沒有結束呢！

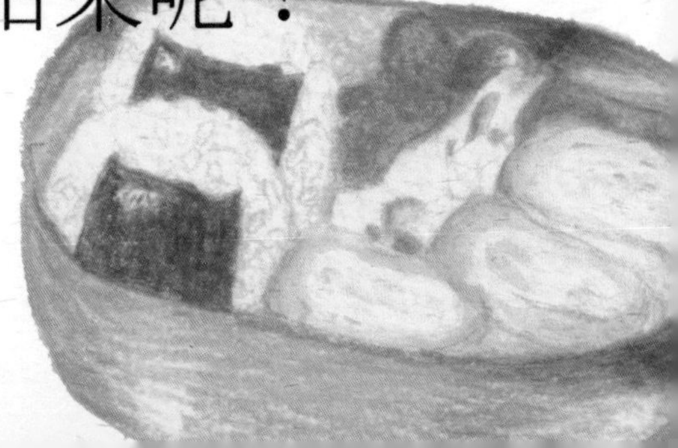

柴犬旅行團

圖·文　張雅恩
編輯　傅文偉

出版　靛藍文化有限公司
電子郵箱　indigotinculture@gmail.com
網址　www.facebook.com/indigotinculture

版次 2018年12月 初版
ISBN 978-988-79415-0-7